POURQUOI JE DOIS...

ÉCOUTER

GAMMA
CONTEXT • ÉCOLE ACTIVE

POURQUOI JE DOIS...

- Économiser l'eau
- Économiser l'énergie
- Recycler les déchets
- Protéger la nature
- Aider
- Partager
- Écouter
- Manger équilibré

Traduit par Jacques Canezza.

Titre original : *Why should I Listen ?*

Dépôt légal : septembre 2003.
Bibliothèque nationale.
ISBN 2-7130-1991-5

Exclusivité au Canada :
Édition École Active
2244, rue de Rouen, Montréal,
Qué.H2K 1L5.
Dépôts légaux : septembre 2003.
Bibliothèque nationale du Québec,
Bibliothèque nationale du Canada.
ISBN 2-89069-740-1

Diffusion en Belgique :
Context S.A.
Avenue du Midi, 9
4130 Esneux

Loi n° 49-956 du 16 juillet 1949
sur les publications destinées à la jeunesse.
Imprimé en Hong Kong.

POURQUOI JE DOIS...

ÉCOUTER

Écrit par Claire Llewellyn
et illustré par Mike Gordon

GAMMA
CONTEXT • ÉCOLE ACTIVE

J'entends des choses merveilleuses
quand j'écoute vraiment

... un beau chant d'oiseau

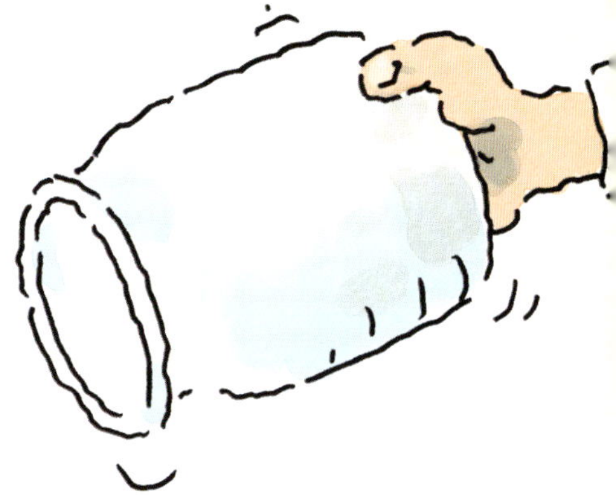

... une sauterelle
dans l'herbe fraîche

... le crissement de la neige.

Mais c'est parfois difficile d'écouter.
Surtout quand je suis occupé
à regarder la télé…

à jouer avec
mes copains…

à découvrir des trésors…

ou à conduire
une fusée.

Certains enfants se demandent :
« Pourquoi devrais-je écouter ? »
Eh bien… ne pas écouter
peut t'attirer des ennuis.

Sais-tu ce qui s'est passé
quand je suis allé au musée
et que je n'ai pas écouté le maître ?

Au secours ! Où sont-ils tous partis ?

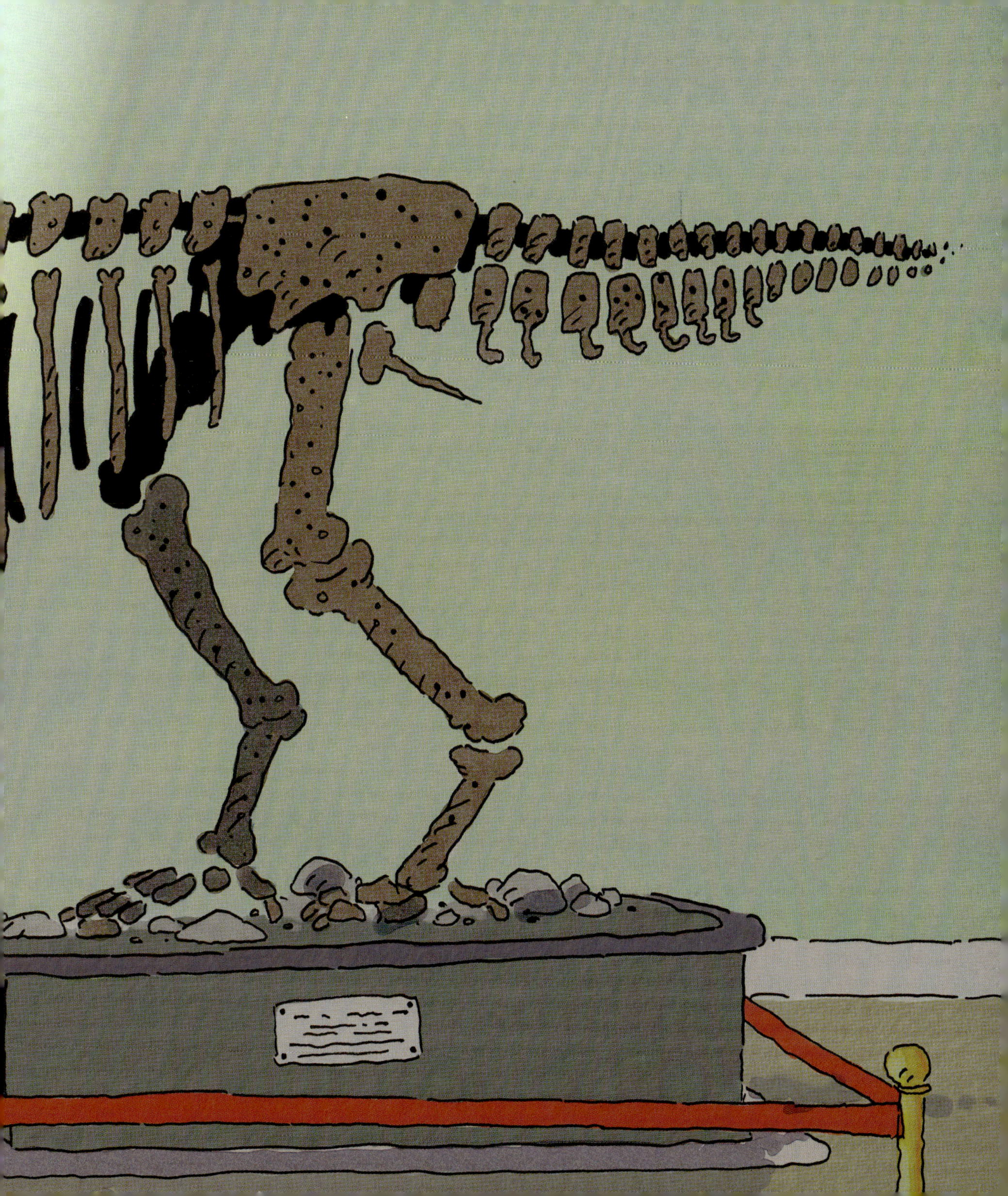

Et sais-tu ce qui s'est passé à la fête d'Ophélie parce que je n'avais pas écouté ce qu'elle avait dit ?

On ira tous à la piscine...
pensez à apporter vos affaires de bain.

Tu as de la chance que nous ayons des maillots !

Mmm ! la couleur te va bien.
Et c'est juste ta taille !
Tu veux un bout de ficelle, Léo ?

Et devine ce qui est arrivé à ma sœur l'été dernier parce que je n'avais pas écouté ma maman.

Léo ! regarde Laura !

Ça va mieux,
ma chérie ?

Je déteste quand les gens
ne m'écoutent pas.
Je me sens seul...

… et invisible.
Six brioches, s'il vous plaît.
Excusez-moi !

J'ai l'impression que personne ne pense à moi…

... ou ne s'intéresse à ma vie.

Alors maintenant, quand quelqu'un parle, je fais l'effort d'écouter.

Ça me permet
de bien faire
les choses.

Et d'entendre ce que
je dois entendre.

Ne laisse pas sortir le chat !
Va t'acheter une glace... voici l'argent.
Merci, maman.

Notes pour les parents et les éducateurs

Pourquoi je dois... Écouter se veut un livre agréable consacré à l'importance d'être à l'écoute des autres. Il présente aux enfants cette capacité dans des situations variées.

Écouter permet aux enfants de jouer un rôle actif dans leur famille, leur classe et leur école. Répondre au téléphone, participer aux travaux ménagers et apporter des choses en classe sont des tâches importantes pour les enfants, qui leur donnent une image positive d'eux-mêmes et qui les préparent à être plus indépendants et responsables.

Savoir écouter est indispensable pour créer des relations avec son entourage. Écouter les autres permet aux enfants de travailler ensemble, de prendre conscience de la manière dont leur comportement affecte les autres et de partager leurs sentiments. Certains enfants ont des difficultés à penser à autre chose qu'à eux-mêmes. Apprendre à accorder de l'attention à autrui est une étape importante de la croissance.

Être écouté renforce l'estime que se portent les enfants et leur permet d'être ouverts, de s'exprimer et de mieux se connaître et se comprendre. Savoir écouter est essentiel pour la sécurité des enfants. Écouter des informations vitales telles que savoir l'endroit où traverser la route est, pour les enfants, une étape importante dans la prise de responsabilités.

Suggestions de lecture avec les enfants

Ce livre contient de nombreux exemples d'enfants qui ont réussi ou pas à écouter. Il peut être intéressant de s'arrêter sur chaque exemple et d'en

parler avec les enfants. Quand ont-ils des difficultés à écouter ? Pourquoi ? Nous ne sommes pas toujours capables d'écouter. Que ressentiraient-ils s'ils arrivaient à la piscine sans leur maillot de bain ? Ont-ils déjà vécu des situations similaires ? Parler et réfléchir sur des incidents passés permet parfois d'éviter qu'ils se reproduisent.
Être écouté est essentiel pour tout le monde, adultes et enfants. Les enfants se souviennent-ils d'un jour où ils n'ont pas été écoutés ? Les adultes sont souvent coupables de ne pas écouter les enfants. Comment expliquent-ils cela ? Que diraient-ils à un adulte qui ne les écouterait pas ?

Suggestions d'activités

Vous pouvez demander aux enfants quelles sont leurs musiques préférées (la musique de leur émission favorite, celle du marchand de glaces…) et de faire des dessins évoquant ces mélodies. Exposez les dessins sous le titre *Écoutez*.

Les enfants peuvent rédiger des histoires vraies ou imaginaires sur l'absence d'écoute. Elles peuvent être rassemblées dans un recueil.
Organisez une promenade avec les enfants. Avant de partir, demandez-leur d'imaginer tous les bruits qu'ils vont peut-être entendre (un chant d'oiseau, le bruit d'un avion, un chien qui aboie…). Dessinez sur une feuille des symboles correspondant à une dizaine de ces bruits. Photocopiez-les et donnez-en une copie à chaque enfant. Demandez-leur de cocher les sons qu'ils entendront pendant la promenade et de noter les autres.
Jouez à *Jacques a dit*. Dans ce jeu, une personne joue le rôle de Jacques et demande aux autres de faire certaines choses : « Jacques a dit : grattez-vous le nez, touchez-vous les oreilles, sautez sur une jambe » etc. Jacques piège parfois les joueurs en ne disant pas « Jacques a dit ». Tous ceux qui suivent alors ses instructions sont éliminés.

Glossaire

concert : une séance de musique.

crissement : un bruit grinçant.

musée : un endroit
où sont exposées
des œuvres d'art :
tableaux,
sculptures,...